박경리 시집

버리고 갈 것만   남아서
                        참   홀가분하다

디산
책방

일러두기

* 띄어쓰기와 한글맞춤법은 국립국어원 표준국어대사전에 따랐습니다. 단, 원문의 의미를 살릴 필요가 있는 경우 사투리와 비표준어를 그대로 사용하였습니다.
* 5부에 실린 다섯 작품은 새롭게 발굴한 미발표 유고작입니다.

할머니께서 돌아가신 이후로 오랫동안 할머니를 꿈속에서 보았습니다.

할머니는 때로는 젊은 모습으로, 어느 날은 병을 이겨 내고 살아 계신 모습으로 꿈속에 나타났습니다.

그렇게 돌아가신 이후로도 팔 년 가까이 꿈속에서 할머니를 만나 왔지만, 할머니의 비밀 서재를 찾는 꿈을 꾼 이후로 더 이상 만날 수 없었습니다.

저는 어렴풋이 그 꿈을 꾸게 된 이유가 할머니께서 이제 자신이 남기신 글과 신념으로 내 안에 살아 계시기 때문이라는 것을 알 수 있었습니다.

세월이 가며 기억도 추억도 옅어지지만 그래도 내

안에 남은 그 생명의 흔적은 선명하게 남아서 지워지지 않습니다.

박경리 작가의 시는 가장 내밀하고 깊은 삶과 그 영혼이 녹아 있는, 따라서 그의 작품과 사상을 이해하기 위한 가장 핵심적인 촉매입니다.

저는 이제 이 시집이 박경리 작가를 기억하고 추억하기 위한 유고 시집으로서 받아들여지는 것만이 아니라 특정한 계층과 세대를 넘어서 모든 이들에게 읽혀지기를, 그리고 부디 이 책을 읽는 사람들의 마음에 박경리라는 한 작가의 생명력 그 자체가 전달되고 살아나기를 소망합니다.

이 책이 다시 만들어지기까지 수고를 아끼지 않아주신 다산북스의 대표님과 모든 관계자분들께 감사드리며, 특별히 미발표 시를 찾아내고 수록하는 데 결정적인 도움을 주신 토지문화재단의 임수희 국장님께 깊은 감사를 드립니다.

2024년 8월

김세희

차
례

2부 어머니

3부   가을

4부 까치설

5부　미발표 유고작

1부

옛날의 그 집

잔잔해진 눈으로 뒤돌아보는

청춘은 너무나 짧고 아름다웠다

젊은 날엔 왜 그것이 보이지 않았을까

산다는 것

체하면
바늘로 손톱 밑 찔러서 피 내고
감기 들면
바쁜 듯이 뜰 안을 왔다 갔다
상처 나면
소독하고 밴드 하나 붙이고

정말 병원에는 가기 싫었다
약도 죽어라고 안 먹었다
인명재천
나를 달래는 데
그보다 생광스런 말이 또 있었을까

팔십이 가까워지고 어느 날부터
아침마다 나는
혈압약을 꼬박꼬박 먹게 되었다
어쩐지 민망하고 부끄러웠다

허리를 다쳐서 입원했을 때
발견이 된 고혈압인데
모르고 지냈으면
그럭저럭 세월이 갔을까

눈도 한쪽은 백내장이라 수술했고
다른 한쪽은
치유가 안 된다는 황반 뭐라는 병
초점이 맞지 않아서
곧잘 비틀거린다
하지만 억울할 것 하나도 없다
남보다 더 살았으니 당연하지

속박과 가난의 세월
그렇게도 많은 눈물 흘렸건만
청춘은 너무나 짧고 아름다웠다

잔잔해진 눈으로 뒤돌아보는

청춘은 너무나 짧고 아름다웠다

젊은 날에는 왜 그것이 보이지 않았을까

옛날의 그 집

빗자룻병에 걸린 대추나무 수십 그루가
어느 날 일시에 죽어 자빠진 그 집
십오 년을 살았다

빈 창고같이 휑덩그레한 큰 집에
밤이 오면 소쩍새와 쑥꾹새가 울었고
연못의 맹꽁이는 목이 터져라 소리 지르던
이른 봄
그 집에서 나는 혼자 살았다

다행히 뜰은 넓어서
배추 심고 고추 심고 상추 심고 파 심고
고양이들과 함께
정붙이고 살았다

달빛이 스며드는 차거운 밤에는
이 세상 끝의 끝으로 온 것같이

무섭기도 했지만
책상 하나 원고지, 펜 하나가
나를 지탱해 주었고
사마천을 생각하며 살았다

그 세월, 옛날의 그 집
나를 지켜 주는 것은
오로지 적막뿐이었다
그랬지 그랬었지
대문 밖에서는
늘
짐승들이 으르렁거렸다
늑대도 있었고 여우도 있었고
까치독사 하이에나도 있었지
모진 세월 가고
아아 편안하다 늙어서 이리 편안한 것을
버리고 갈 것만 남아서 참 홀가분하다

나의 출생

나의 생년월일은
1926년 음력 10월 28일이다
한국 나이로 하자면
아버지가 18세 어머니는 22세에
나를 낳았다

가난했던 외가였지만
혼인한 지 사오 년이 되도록
아이를 낳지 못하는 딸자식을 근심하여
이웃에 사는 도사
그러니까 축지법을 쓴다는
황당한 소문이 있는 도사에게
자식을 점지해 달라고
외할머니가 부탁하여
덤불山祭를 올렸다는 것인데
그것이 영험으로 나타났던지
바람 잡아 나간 아버지가

섣달그믐날 난데없이 나타났고
어머니는, 어머니의 말을 빌리자면
두 눈이 눈깔사탕같이 파아랗고
몸이 하얀 용이 나타난 꿈
그것이 태몽이었다는 것이다
하여 어머니도 주위 사람도
아들이 태어날 것을 믿었다고 했다

고된 시집살이였던 그때
어머니는
어른들 저녁 차림을 하고 있던 참에
갑자기 산기가 있어
마침 그날 도정해다 놓은 쌀가마에서
쌀을 퍼 담고
친정으로 오자마자 나를 순산했으며
술시라던가 해시라던가
아무튼 초저녁이었다는 것이다

계집아이의 띠가

호랑이라는 것도 그렇거니와

대낮도 아니고 새벽녘도 아니고

한참 호랑이가 용을 쓰는

초저녁이라

그 팔자가 셀 것을 말해 뭐 하냐

어릴 적에 나는

그 말을 종종 듣기도 했고

점쟁이는 팔자가 세니

후취로 시집보내라 그랬다는 것이다

그러나 어머니는

딸이라 섭섭해한 적은 없었다고 했다

나를 낳고 젖몸살을 앓은 어머니가

젖꼭지를 아이에게 물릴 때마다

아파서 얼굴을 찡그리는 것을 본

나이 어린 신랑이

신통하게도

젖꼭지랑 젖병을 사 들고 왔더라는 것이다

어머니가 유일하게

아버지로부터 받은 애정인 셈이다

그러저러한 사연을 지니고

다른 아이들과 별반 다를 것 없이

나는 세상에 떨어졌던 것이다

하나 사족을 달자면

용을 본 것이 태몽인데

공교롭게도

어머니의 이름이 용수(龍守)였다

본명은 선이라 했으나

어릴 적에 죽은 바로 위의 오빠

그의 이름이 용수였고

어떻게 된 일인지

호적상으로 어머니가

물려받게 된 것이라 했다

땅문서 집문서의 소유주 이름은 물론

문패에도 어머니의 이름은

김용수(金龍守)였다

여 행

나는 거의 여행을 하지 않았다
피치 못할 일로 외출해야 할 때도
그 전날부터 어수선하고
일이 손에 잡히지 않았다
어릴 적에는 나다니기를 싫어한 나를
구멍지기라 하며 어머니는 꾸중했다
바깥세상이 두려웠는지
낯설어서 그랬는지 알 수가 없다

그러나 나도 남 못지않은 나그네였다
내 방식대로 진종일 대부분의 시간
혼자서 여행을 했다
꿈속에서도 여행을 했고
서산 바라보면서도 여행을 했고
나무의 가지치기를 하면서도,
서억서억 톱이 움직이며
나무의 살갗이 찢기는 것을,

그럴 때도 여행을 했고
밭을 맬 때도
설거지를 할 때도 여행을 했다

기차를 타고 비행기를 타고
혹은 배를 타고
그런 여행은 아니었지만
눈으로 보고 피부로 느끼는
그런 여행은 아니었지만
보다 은밀하게 내면으로 내면으로
촘촘하고 섬세했으며
다양하고 풍성했다

행선지도 있었고 귀착지도 있었다
바이칼호수도 있었으며
밤하늘의 별이 크다는 사하라사막
작가이기도 했던 어떤 여자가

사막을 건너면서 신의 계시를 받아

메테르니히와 러시아 황제 사이를 오가며

신성동맹을 주선했다는 사연이 있는

그 별이 큰 사막의 밤하늘

히말라야의 짐 진 노새와 야크의 슬픈 풍경

마음의 여행이든 현실적인 여행이든

사라졌다간 되돌아오기도 하는

기억의 눈보라

안개이며 구름이며 몽환이긴 매일반

다만 내 글 모두가

정처 없던 그 여행기

여행의 기록일 것이다

홍합

통영 항구의 동춘 끝을 지나고
해명 나루 지나고
작은 통통배
용화산 뒤편을 휘돌아 가니
첫개라는 어촌이 있었다
인가가 몇 채나 되는지 희미해진 기억
푸른 보석 같은 물빛만은
지금도 눈에 어린다

친지 집에서는 내가 왔다고
큰 가마솥 그득히 홍합을 삶아 내어
둘러앉아서 까먹었다
먹어도 먹어도 물리지 않던 홍합
그때처럼 맛있는 홍합은
이후 먹어 본 적이 없다

내 나이 열두 살이나 되었을까?

어린 손님은

큰집에서 극진한 대접을 받았고

잠은 작은집에서 잤는데

아제씨는 어장에 가고 없었다

호리낭창한 미인형의 아지매는

병색이 짙어 보였다

한밤중에

갑자기 두런거리는 소리가 났다

집 안에 불이 밝혀지고

발자욱 소리도 들려왔다

덩달아 파도 소리도 들려왔다

알고 보니

고양이가 새끼를 낳았다는 것

날이 밝고 보다 자세한 얘기를 들었다

폐결핵인 아지매의 약으로

고양이 새끼의 탯줄이 필요했고

아지매는 고양이를 달래고 달래어

탯줄을 얻었다는 것이다

얼마나 다행이냐고도 했다

첫개라는 어촌의 하룻밤

홍합과 아지매와 고양이

얼마 후 나는

아제씨가 상처했다는 소식을 들었다

바느질

눈이 온전했던 시절에는
짜투리 시간
특히 잠 안 오는 밤이면
돋보기 쓰고 바느질을 했다

여행도 별로이고
노는 것에도 무취미
쇼핑도 재미없고
결국 시간 따라 쌓이는 것은
글줄이나 실린 책이다

벼개에 머리 얹고 곰곰이 생각하니
그것 다 바느질이 아니었던가
개미 쳇바퀴 돌듯
한 땀 한 땀 기워 나간 흔적들이
글줄로 남은 게 아니었을까

천성

남이 싫어하는 짓을 나는 안 했다
결벽증, 자존심이라고나 할까
내가 싫은 일도 나는 하지 않았다
못된 오만과 이기심이었을 것이다

나를 반기지 않는 친척이나 친구 집에는
발걸음을 끊었다
자식들이라고 예외는 아니었다
싫은 일에 대한 병적인 거부는
의지보다 감정이 강하여 어쩔 수 없었다
이 경우 자식들은 예외였다

그와 같은 연고로
사람 관계가 어려웠고 살기가 힘들었다

만약에 내가
천성을 바꾸어

남이 싫어하는 짓도 하고
내가 싫은 일도 하고
그랬으면 살기가 좀 편안했을까

아니다 그렇지는 않았을 것이다
내 삶은 훨씬 더 고달팠을 것이며
지레 지쳐서 명줄이 줄었을 것이다

이제 내 인생은 거의 다 가고
감정의 탄력도 느슨해져서
미운 정 고운 정 다 무덤덤하며
가진 것이 많다 하기는 어려우나
빚진 것도 빚 받은 것도 없어 홀가분하고
외로움에도 이력이 나서 견딜 만하다

그러나 내 삶이
내 탓만은 아닌 것을 나는 안다

어쩌다가 글 쓰는 세계로 들어가게 되었고
고도와도 같고 암실과도 같은 공간
그곳이 길이 되어 주었고
스승이 되어 주었고
친구가 되어 나를 지켜 주었다

한 가지 변명을 한다면
공개적으로 내지른 싫은 소리 쓴소리,
그거야 글쎄
내 개인적인 일이 아니지 않은가

일 잘하는 사내

다시 태어나면
무엇이 되고 싶은가
젊은 눈망울들
나를 바라보며 물었다

다시 태어나면
일 잘하는 사내를 만나
깊고 깊은 산골에서
농사짓고 살고 싶다
내 대답

돌아가는 길에
그들은 울었다고 전해 들었다
왜 울었을까

홀로 살다 홀로 남은
팔십 노구의 외로운 처지

그것이 안쓰러워 울었을까
저마다 맺힌 한이 있어 울었을까
아니야 아니야 그렇지 않을 거야
누구나 본질을 향한 회귀본능
누구나 순리에 대한 그리움
그것 때문에 울었을 거야

산골 창작실의 예술가들

멀리서 더러 보기도 하지만
방 안에서도
나는 그들을 느낄 수 있다
논둑길을
나란히 줄지어 가는 아이들처럼
혼신으로 몸짓하는 새 새끼처럼
잔망스럽게 혹은 무심하게
머물다 가는 구름처럼
그들은 그렇게
내 마음에 들어오는 대상이다

회촌 골짜기를 떠나 도시로 가면
그들도 어엿한 장년 중년
모두 한몫을 하는 사회적 존재인데
우습게도 나는
유치원 보모 같은 생각을 하고
모이 물어다 먹이는

어미 새 같은 착각을 한다

숲속을 헤매다 돌아오는 그들
식사를 끝내고 흩어지는 그들
마치
누에꼬치 속으로 숨어들 듯
창작실 문 안으로 사라지는 그들
오묘한 생각 품은 듯 청결하고
젊은 매같이 고독해 보인다

우주 만상 속의 당신

내 영혼이
의지할 곳 없어 항간을 떠돌고 있을 때
당신께서는
산간 높은 나뭇가지에 앉아
나를 바라보고 있었습니다

내 영혼이
뱀처럼 배를 깔고 갈밭을 헤맬 때
당신께서는
산마루 헐벗은 바위에 앉아
나를 바라보고 있었습니다

내 영혼이
생사를 넘나드는 미친 바람 속을
질주하며 울부짖었을 때
당신께서는 여전히
풀숲 들꽃 옆에 앉아서

나를 바라보고 있었습니다

그렇지요
진작에 내가 갔어야 했습니다
당신 곁으로 갔어야 했습니다
찔레 덩쿨을 헤치고
피 흐르는 맨발로라도

백발이 되어
이제 겨우겨우 당도하니
당신은 아니 먼 곳에 계십니다
절절히 당신을 바라보면서도
아직
한 발은 사파에 묻고 있는 것은
무슨 까닭이겠습니까

밤

밤이 깊은데 잠이 안 올 때
바느질이나 뜨개질을 했으면
하고 생각한다
그러나 유방 수술 후
뜨개질은 접어 버렸고
옷 짓는 일도 이제는
눈이 어두워
재봉틀 덮개를 씌운 지가 오래다
따라서 내가 입은 의복은
신선도를 잃게 되었는데
십 년, 십오 년 전에 지어 입은 옷들이라
하기는 의복 속에 들어갈 육신인들
아니 낡았다 어찌 말하리
책도 확대경 없이는 못 읽고
이렇게 되고 보니
내 육신 속의 능동성은
외친다 자꾸 외친다

일을 달라고
세상의 게으름뱅이들
놀고먹는 족속들
생각하라
육신이 녹슬고 마음이 녹슬고
폐물이 되어 간다는 것을
생명은 오로지 능동성의 활동으로
존재한다는 것을 잊지 말아야 할 것이다
옛사람이 말하기를 일은 보배다

밤은 깊어 가고
밤소리가 귀에 쟁쟁 울린다

인 생

초등학교 다닐 때였다
등교하려고 집을 나서면
가끔 만나게 되는 사람이 있었다
얼굴은 조막만 했고
입을 굳게 다문 노파였는데
가랑잎같이 가벼워 보였으며
체구는 아주 작았다
언덕 위 어딘가에 오두막이 있어
그곳에서 혼자 기거한다는 것이었다
지팡이를 짚으며 그는 지나간다
하루도 거르지 않고 밥을 빌어먹기 위해
노파는 이 길을 지나간다는 것이다

작량을 잘했으면 저 꼴이 되었을까
젊었을 적에는 쇠고기 썹어 뱉고
술로 세수하더니만
노파 뒤통수를 향해

그런 말을 던지는 사람도 있었다

젊었을 적엔 노류장화였던 걸까

명기쯤으로 행세했던 걸까

노파는 누가 뭐라 해도

굳게 다문 입을 열지 않았다

지팡이로 길을 더듬으며 내려가던 뒷모습

몰보라는 이름의 노파

2부

어머니

아아 어머니는 돌아가셨지
그 사실이 얼마나 절실한지
마치 생살이 찢겨나가는 듯했다

어머니의 모습

새집 처녀는
적삼 하나만 갈아입어도
서문안 고개가 환해진다
어머니 처녀 시절에
동네 사람들이 했다는 말을
막내 이모가 들려주곤 했다

어머니를
미인이라 말하는 사람도 있었다
저 인물로
어찌 소박을 맞았을까 하는 사람도 있었다
그러나 나는
어머니를 미인이라 생각하지 않았다
목이 짧았고 키도 작았던 어머니는
내 마음에 드는 모습이 아니었다
얼굴 윤곽이 너무 뚜렷했으며
쌍꺼풀 진 큰 눈에

의미를 담은 적이 별로 없었던 것 같고
그 눈에서 눈물이 쏟아질 때도
왠지 나는 그것이 슬퍼 보이질 않았다
그만큼 어머니는 현실적인 사람이었다

시집올 때 가져온 것인지
세웠다 접었다 하는
백동 장석의 작은 거울 앞에서
동백기름을 발라 머리를 빗고
달비 하나 끼워서
검자주색 감댕기 감고 또 감아
쪽을 졌던 어머니
그러나 한 번도 셋째 이모 쪽머리같이
예쁘게 보이진 않았다
화장은 안 했으며
대개는 세수로 끝내었는데
살결은 희고 고왔다

한때 피륙 장사를 했던 어머니는

옷감에 대한 안목이 높았다

허드렛일할 때의 옷 말고는

최상급의 천으로 옷을 지어 입었다

신새벽 절에 갈 때

목욕재계하고 갈아입던

바지며 단속곳도 모두 명주였으며

여름에는 철기 날개 같은 모시옷

봄 가을에 관사 숙고사 자미사

겨울에는 법단 양단 호박단 같은 것

한겨울 아주 추울 때는 세루 옷을 입었다

덕택에 태평양전쟁 말기

물자가 동이 났을 때

나는 용감하게

어머니 세루 치마에 가위질하여

양복을 지어 입었다

어머니가 입는 옷 색깔은
정해져 있었는데
흰색과 회색
어쩌다가 고동색 치마를 입기도 했지만
딱 한 번 어머니는
무색옷을 입은 적이 있었다
자주색 바탕에 흰무늬가 있는 스란치마와
하늘색 은조사 깨끼저고리였다
그 옷을 입을 때는 몹시 어색해하곤 했다
아버지가
다소 어머니를 불쌍하게 여겼던 시기
내 기억으론 그때
한 번 무색옷을 입었던 것 같다

사연이 좀 긴데……
그러니까

나라가 망하고 외갓집도 쇠락했을 무렵
멀어진 친척과의 촌수를 잡아당겨
오가며 지내던
간창골 할아버지 댁과 조금 관련이 있다
늙어서도
들꽃같이 애잔한 향기를 간직한 할머니
미장부의 흔적과
기개가 도도했던 할아버지
그 댁엔 파초가 여러 그루 있었다
어머니는 간창골로 이사한 후
친정처럼 그 댁을 의지하고 살았다
나에게도 그 댁의 영향은 지대한 것이었다
넉넉한 형편은 아니었지만
선비 집 생활의 높은 격조를
내 마음에 심어 준 곳이다
당시 동경 유학을 준비 중이던 그 댁 삼촌은
초등학교 육학년인 나를

공부도 지지리 못한 나를

상급 학교에 보내야 한다고

어머니를 설득했다

마치 새로운 돌파구라도 찾은 듯

그때부터 어머니는

삼촌의 의견을 수납하고

내 뒷바라지에 착수했다

그 하나가

따뜻한 도시락을 마련하여

내가 과외 공부를 하는

교실을 찾는 일이었다

일본인 여선생은

훌륭한 어머니라고 칭찬했고

어머니는 손으로 입을 가리며 웃었다

그러나 내가 말하려 하고

잊지 못하는 일은

회색 세루 치마와 저고리를 입고 온

어머니의 모습이다

비싼 천이어서 그랬는지

품을 넓게 잡아 지은 옷은

우장을 쓴 것 같기도 했고

추워서 그랬는지 부엉새 같기도 했다

어머니

어머니 생전에 불효막심했던 나는
사별 후 삼십여 년
꿈속에서 어머니를 찾아
헤매었다

고향 옛집을 찾아가기도 하고
서울 살았을 때의 동네를 찾아가기도 하고
피난 가서 하룻밤을 묵었던
관악산 절간을 찾아가기도 하고
어떤 때는 전혀 알지 못할 곳을
애타게 찾아 헤매기도 했다

언제나 그 꿈길은
황량하고 삭막하고 아득했다
그러나 한 번도 어머니를 만난 적이 없다

꿈에서 깨면

아아 어머니는 돌아가셨지

그 사실이 얼마나 절실한지

마치 생살이 찢겨 나가는 듯했다

불효막심했던 나의 회한

불효막심의 형벌로서

이렇게 나를 놓아주지 않고

꿈을 꾸게 하나 보다

어머니의 사는 법

내 것 아니면 길가 개똥같이 보인다
단단한 땅에 물 고이고
오늘 먹으면 내일 걱정을 해야 한다
항상 하던 어머니의 말이다
또 한마디 하는 말이 있었다
자식을 앞세우고 가면 배가 고파도
돈을 지니고 가면 배가 안 고프다

그 말 그대로 살다 간 어머니
남의 것 탐내거나 부러워한 적 없었고
쉬어서 못 먹는 밥도 씻어서 끓여 먹고
가을에는 일 년 치의 땔감 양식을
장만하지 않고는 잠이 안 오는 성미
하여 태평양전쟁 말기, 육이오전쟁 때도
우리는 죽 아닌 밥을 먹었다
그리고 돈은 어머니의 신앙이었다

장무새는 충분하게, 밑반찬은 빠짐없이
늘 준비가 돼 있는 상태였기에
시장 출입은 한 달에 두세 번 할까 말까
장에 갈 때는 장바구니를 들었지만
평소에는
쓸 만큼 손수건에 돈을 싸서
어머니는 그것을 꽉 쥐고 다녔다
필요 없는 것은 사지 않았으며
다만 옹기전 앞을 지날 때는
예쁘고 야문 단지를 골라 들고
한참을 살피는데
유혹을 물리치지 못한 듯
값을 지불하는 것이었다

장독대 항아리는 윤이 나서 반짝거렸다
방 안의 이불장에도 비단 이불이 그득했다
이불의 몇 채는

내 혼수로 준비한 것이었지만
어머니는 말하기를
여자란 음식은 아무거나 먹어도
잠자리는 가려서 자야 한다
그래서 이불 호사가 그리 대단했을까
깊은 겨울에도 우리 모녀는
온 집 둘레에 장작을 쌓아 놓고도
불 안 땐 냉방에서 잠을 잤다
이불 요를 두 채씩이나 깔고 덮고 잤다
사막 같은 집 안이었다
장독대와 장롱 속의 비단옷
이불장의 비단 이불 그것 말고는
색채도 모양도 없는 살풍경이었다
부엌에는 막사발 몇 개
겨울에는 놋그릇이었지만
소반 물독 가마솥 두 개
그 외에 기억에 남는 세간이 없다

길이 잘 난 가마솥은

메주콩을 삶는다든지 간장을 대린다든지

빨래를 삶고 손님이 온다거나

그럴 때만 사용했고

대개는 작은 법랑 남비에

장작을 성냥개비처럼

칼로 잘게 쪼개어 밥을 지었다

평소에는 밑반찬 한두 가지

된장국 김치가 고작인 밥상

더 이상

절약할래야 할 수 없는 생활이었다

어머니도 돈을 아끼지 않을 때가 있었다

절에 시주하는 일

길 가다가

다리 놓는 공사라도 마주치게 되면

상당한 금액을 희사했다

많은 사람이 지나다닐 다리인지라

시주는 큰 공덕이 되는 것은 물론

죽어서 삼도천 건널 때도

도움을 받는다고 믿는 까닭이다

어머니는

남과 나누어 먹는 데도

인색한 편은 아니었다

손이 작으면 못쓴다 그러면서

이웃 간에 고사떡도 듬뿍 담아 돌렸고

여름에는 우무콩국을 만들어

이웃과 나누어 먹었다

언제였던가

박재삼 시인이 세상 떠나기 전에

왕십린가 청량리, 기억이 확실치 않으나

아프다는 소식 듣고

찾아간 일이 있었다

이런저런 얘기 끝에

박 시인 댁네가

결혼해서 처음 서울 왔을 때

할머니가

된장 고추장 챙겨 주더라는 말을 하며

이제는 세상에 없는 어머니를

회상하는 것이었다

내게는 희미한 기억이었지만

하기는 정릉 살 때

산동네 판잣집 사람들에게

된장 간장을 곧잘 퍼 주었고

일거리가 없는 힘든 겨울철

출산했다는 소식 들으면

연탄과 미역을 갖다주기도 했다

내가 어릴 적에도 배고픈 사람

데려다 밥 먹여 보내는 일도

가끔 있었다

그러나 어머니의 그 같은 자비의 행위가

내게는 정감으로 다가오지 않았다
불교적 계율을 지켰다 해야 할지
심하게는 형식적이었다 할 수도 있고
감동이 없는 성격 탓이었을까
다정하게 말할 줄 몰라 그랬는지

어머니는 받아야 할 것은
반드시 받아 냈고
줄 것은 또 어김없이 돌려주었다
물건을 사거나 돈거래 때
셈이 잘못되어 돈이 남으면
일부러 찾아가서 돌려주었다
육이오전쟁이 생각난다
어떻게 우리가 살아남았는지
기적 같기도 하다
어머니의 깐깐한 그 성미 탓으로
우리 식구가 사지에서 구원된 일

아득한 옛날인데 어제 일 같기도 하고
당시 우리는 흑석동에 살았다
한강 다리가 끊어지던 밤
날이 새자 어머니는 옆집 가게에서
피난에 필요한 부식 같은 것을 사고
그간에 밀린 외상값도 갚고
관악산을 향해 우리는 떠났다
이내 인민군은 마을을 점령했고
남진을 계속하는 상황
우리는 피난 짐을 챙겨 집으로 돌아왔다
세상은 완전히 바뀌어져 있었다
반동을 색출하는 무시무시한 분위기가
마을을 내리누르고
옆집 가게는 반장 집이기도 했기에
아저씨는 진작부터 피신했으며
나머지 식구들은
무덥고 긴 여름 동안

수월찮이 핍박을 받았다

그러나 가을바람과 함께

사태는 반전했다

국군의 입성은

또 한 번 세상을 바꾸어 놓고 말았다

빨갱이는 씨를 말려야 한다는

구호가 충천했고

사람들은 눈에 핏발을 세우며

부역자들을 잡아서 국군에게 넘겼다

무리 중에 가장 과격하고 앞장선 사람은

반장네 식구들이었다

우리 사정은 그들과 반대였다

직장으로 내려간 남편은

좌익이라 하여 인천서 체포되었고

빨갱이 가족인 우리가

무사하지 못할 것은

불을 보듯 뻔한 일이었다

집은 적산으로 지목되어

가재도구 일체를 봉인했고

국군이 총대를 디밀고

집을 비우라 했다

속절없이 거리로 내쫓길 판국에

반장네 식구들이 달려왔다

이 집은 확실치 않으니 다른 데로 가자

하여 우리는 위기를 모면했다

좌익에 대한 증오심이

골수에 사무친 반장네 식구들

그러나 그들은 우리를 보호해 주었다

난리가 나니까 모두 달겨들어

가게 물건을 약탈해 가는데

외상값 갚고 피난 간 사람은

영주네밖에 없었다 하며

시민증도 내어 주었고

일사 후퇴 때에는

남편이 어느 곳으로 이감될지 몰라
우리는 피난길에 나서지 못하고 있었는데
반장네는 전화 속에 남은 우리를 위해
많은 식량을 건네주고 떠났다
세월이 너무나 많이 흘러
지금은 그들 대부분이
이 세상 사람이 아닐 것이지만
생각이 나곤 한다
각기 다르게, 그러나 모두 한길을 가는
목마른 삶의 모습을
생각하는 밤이 그 얼마인가

나는 어머니가 목청을 돋우어
남과 다투는 것을 본 적이 없다
삐거덕거리기 마련인
기봉이네하고도 다투는 것을 못 보았다
사람들이 남의 험담을 하면

세상에 숭 없는 사람이 어디 있나 했고
말소드레기 일으키는 것들
상종 안 한다는 말도 했다
말소드레기란
말을 옮겨서 분란을 일으킨다는 뜻인데
어머니는 남의 일에 깊이 관여하지 않았고
호기심도 없었다
밥 먹고 할 일 없는 것들,
내 살기도 바쁜데
남의 일에 감 놔라 배 놔라
그럴 새가 어디 있느냐
여하튼 어머니는 매사에 소극적이며
남에게나 자신에게도
과소평가를 원칙으로 하여
남을 추켜세운다거나
자기 자랑하는 일이 없었다
꿈을 꾸는 사람에게

일이란 돼 봐야 안다는 말로
번번이 찬물을 껴얹었었으며
나 역시
어머니의 방식에서 예외는 아니었다
남과 다를 것이 없는 평범한 아이로
아니 남보다 뒤처지는 아이로
유년기의 나의 감성은
벌판에 홀로 서 있는 새와도 같았다

박정희 군사정권 시대
사위는 서대문 형무소에 있었고
우리 식구는 기피 인물로
유배지 같은 정릉에 살았다
천지간에 의지할 곳 없이 살았다
수수께끼는
우리가 좌익과 우익의 압박을
동시에 받았다는 사실이다

그리고 인간이
얼마만큼 추악해질 수 있는가를
뼈가 으스러지게
눈앞에서 보아야 했던 세월
태평양전쟁 육이오를 겪었지만
그런 세상은 처음이었다
악은 강렬했고 천하무적이었다
아 참, 그 얘기는
저승에나 가서 풀어봐야지
그 끔찍한 사실들을
측천무후인들 믿을 것인가
그는 그렇고
역적은 삼족을 멸한다는
옛날 관념에 사로잡힌 친지들도
우리를 뿌리치고 가는
그렇지 그 무렵에
어머니는 세상을 떠났다

죽음의 길에 유일한 호사는
수도 없이 많은 부적이었다
시신을 덮고도 남는 큰 부적을 위시하여
크고 작은 부적이 수의와 함께 쏟아졌다
그중에는 동그랗게 찍어 낸 종이돈
삼도천을 건널 때 쓰려고 했는가
수월찮이 많았다

쓸쓸한 장례였다
어머니를 화장하고 돌아온 날, 그 밤
딸과 손주는 원주 시가로 내려가고
아무도 없이 혼자 남은 밤
외등을 켜 놓고
나는 뜰에서 돌을 깔았다
경국사 뒷산이
씻꺼멓게 나를 내려다보고 있었다
이따금 어머니 방 쪽에서

소독 냄새가 풍겨 왔다

그 냄새는

꿈같은 하루

어머니의 죽음을 일깨워 주었다

외할머니

몸매는 깡마르고 자그마했다
약간의 매부리코
그 코끝에 눈물방울이 달리곤 했다
눈에는 이상하게 푸른빛이 감도는
외할머니의 모습이다

말씨는 어눌했다
돈을 셈할 줄 몰랐고
장에 가서 물건 흥정도 못했다

할머니와 어머니는 곧잘 다투었다
주로 어머니의 원망과 한탄이었다
대거리할 말을 찾지 못한 할머니는
입술만 떨었다

어머니의 원망과 한탄은 뿌리가 깊었다
혼인 때 신랑 집에서 보내온 예물을

외삼촌 장가드는 데 써 버렸다는 것에서부터
아버지가 새장가 들 때
갈라서는 조건으로 사 준 집을
외삼촌 노름빚으로 날렸다는
대강 그런 내용의 원망이었다

어머니가 늑막염으로 병원에 입원했을 때
간병하러 왔던 외할머니는
죽을 쑤고 빨래를 하기도 했으나
만사가 서툴고 얼씨년스러웠다
어린 나는
병원의 복도와 계단을 오르내리며 놀았다

딸들 집을 전전하던 외할머니
말년에는 아들네 옹색한 셋방에서
진종일 긴 담뱃대만 물고 있었다
인생을 노름판에서 탕진한 아들

그 외아들을 도와주지 않는다고

딸들 앞에서 울던 외할머니

해방 직후

그분 역시 팔십 장수 누리다가 떠났다

친할머니

낡은 수박색 모본단 저고리 입고
긴긴밤 긴 담뱃대 물고
앉아 있던 친할머니

밥을 예쁘게 자시던 노인네는
장날이 되면 소금으로 양치질하고
얼굴은 수건으로 빡빡 닦고
얹은머리를 한 뒤
열다섯 새 고운 베옷으로 갈아입고
작은 지게를 진 머슴 새끼 앞세우며
출타하는 뒷모습이 훤칠했다

탐탐찮은 사람이 와서
할머니 안녕하십니까 하면
들은 척 만 척 거들떠보지도 않았고
그저 그만그만한 사람이 인사를 하면
물끄러미 쳐다만 보았다

반가운 사람이 그새 편안했습니까
그러면 비로소
보일락 말락 미소 머금으며
"편코"
그 말 한마디로 끝이었다
말수가 적고 표정이 없는 노인이었다

추운 겨울
동네에 곡마단이 들어왔다
나는 할머니를 따라 구경을 갔었다
숯불 피운 화로도 하나 사고
방석도 사서 깔고
구경이 끝났을 때
할머니는 방석을 접어서 겨드랑에 끼고
유유히 천막 밖으로 나왔다
할머니 그 방석은? 하니까
돈 주고 샀다

어린 나는 마음속으로 중얼거렸다
그러면 화로는 어쩌구

그러니까 그때가…… 여름이었다
아버지가 운영하는 새터 차부에 갔다
통영서 생선을 싣고 진주에 가면
진주서는 과일 싣고 통영으로 오는 화물자동차
통영서는 유일한 화물자동차 차부였다
살림집이 딸려 있었다
월사금 낼 돈이 없었던 것도 아니었는데
어머닌 월사금 받아 오라고
곧잘 그곳으로 나를 내몰았다
일종의 핑계였던 것이다
아버지는 부재중이었고
아버지와 혼인한 젊은 여자 기봉이네가
아이를 안고 부채질을 하고 있었다
그는 올곧잖은 눈으로 뭣 하러 왔느냐고 물었다

당신에게 볼일이 있어 온 게 아니라는 응수에
기봉이네는
동무들과 함께 차부 앞을 지나면서
나를 작은엄마라 했느냐 하며 따졌고
나는 악다구니를 했다
노발대발한 기봉이네는
내게 부채를 던졌고
그것이 내 얼굴을 치고 땅에 떨어졌다
그길로 나는 소리 내어 울면서
큰집으로 갔다
그년이 감히 누굴 때려!
할머니 일갈에 집안은 온통 난리가 났다
부산에 출장 갔다 온 아버지는
차부로 달려가서 기봉이네를 매질하고
양복장 서랍을 모조리 끄내어
마당에서 불을 질렀다고 했다
그 후

기봉이네는 깍듯이 내게 예절을 지켰다
할머니가 내 편을 들어 준 것도
그때가 처음이며 마지막이었다

일본 땅을 방황했던 큰아버지와
왕방울 같은 눈과 변호사라는 별명의 큰어머니
그들 사이에는 자식이 없었다
하여 나는 집안의 장손녀였다
살림을 며느리에게 내어 주고
중풍으로 고생했던 할머니는
해방 직후 돌아가셨는데
팔십을 훨씬 넘긴 장수였다

당시 나는 서울에 있었지만
할머니가 돌아가신 며칠 후
큰집에 불이 났다고 했다
달려간 아버지가

엉겁결에 농짝 하나를 들어내었을 뿐

모든 것은

잿더미 속으로 사라져 버렸다는 것이다

사람들은 창원집 할매가

자기 살림 다 가져갔다

그렇게 말들 한다는 것이다

육이오사변으로 고향에 피난 간 나는

불길에서 건져 낸 농짝 하나

나비 장석의 귀목장을 아버지로부터 받았다

지금도 그 나비장 한 짝은 내 곁에 있다

이야기꾼

고담 마니아였던 나의 친할머니는
알 만한 사람은 다 아는 구두쇠였지만
조웅전, 대봉전, 충렬전, 옥루몽, 숙영낭자전
웬만한 고담 책은
돈 아끼지 않고 사서 소장하고 있었다
글을 깨치지 못했던 할머니는
이따금
유식한 이웃의 곰보 아저씨 불러다 놓고
집안 식구들 모조리 방에 들라 하여
소위 낭독회를 열곤 했다
책 읽는 소리는 낭랑했고 물 흐르듯
듣는 사람들은 모두 숨을 죽인 채
그리하여 밤은 깊어만 갔다

내 어머니도 글 모르는 까막눈이었지만
고담 마니아였을 뿐만 아니라
책 내용을 줄줄 외는 녹음기였다

어느 여름날인가 지금도 생생한 기억

동네 사람들이 모여 물맞이하러 가던 날

점심은 물론이고 참외며 수박

기타 음식을 바리바리 장만하여

마메다쿠시를 여러 대 불러서 타고 떠났다

어머니는 택시비도 내지 않았고

아무 준비 없이 나만 데리고 동행했다

그러니까

이야기꾼으로 모셔 간 셈이다

구성진 입담에다가 비상한 암기력

그것이 어머니에게는

사교적 밑천이었던 것 같다

그러나 사람들과 어우러져도

노래 한 자리 할 줄 몰랐고

춤을 추며 신명 낼 줄도 몰랐고

술은 입에 대지도 않았다

심지어 농담 한마디 못하는 숙맥이었다
아마 그러한 점을
조금은 내가 닮지 않았을까
하는 생각이 든다

3부

가을

원죄로 인한 결실이여
아아 가을은 풍요로우면서도
참혹한 계절이다 이별의 계절이다

사람의 됨됨이

가난하다고
다 인색한 것은 아니다
부자라고
모두가 후한 것도 아니다
그것은
사람의 됨됨이에 따라 다르다

후함으로 하여
삶이 풍성해지고
인색함으로 하여
삶이 궁색해 보이기도 하는데
생명들은 어쨌거나
서로 나누며 소통하게 돼 있다
그렇게 아니하는 존재는
길가에 굴러 있는
한낱 돌멩이와 다를 바 없다

나는 인색함으로 하여
메마르고 보잘것없는
인생을 더러 보아 왔다
심성이 후하여
넉넉하고 생기에 찬
인생도 더러 보아 왔다

인색함은 검약이 아니다
후함은 낭비가 아니다
인색한 사람은
자기 자신을 위해 낭비하지만
후한 사람은
자기 자신에게는 준열하게 검약한다

사람 됨됨이에 따라
사는 세상도 달라진다
후한 사람은 늘 성취감을 맛보지만

인색한 사람은 먹어도 늘 배가 고프다

천국과 지옥의 차이다

바람

흐르다 멈춘 뭉게구름
올려다보는 어느 강가의 갈대밭
작은 배 한 척 매어 있고 명상하는 백로
그림같이 오로지 고요하다

어디서일까 그것은 어디서일까
홀연히 불어오는 바람
낱낱이 몸짓하기 시작한다
차디찬 바람 보이지 않는 바람

정수리에서 발끝까지
뚫고 지나가는 찬바람은
존재함을 일깨워 주고
존재의 고적함을 통고한다

아아
어느 始原에서 불어오는 바람일까

농촌 아낙네

뙤약볕 아래
밭을 매는 아낙네는
밭 안에 있는 것이 아니다
온 밭을 끌어안고 토닥거린다

밭둑길 논둑길이 닳도록 오가며
어미 새가 모이 물어 나르듯 오 가며
그것이 배추이든 고추이든
보리 콩 수수 벼 어느 것이든 간에
모두 미숙한 생명들이니
아낙에게는 가슴 타게 하는 자식들이다

하늘을 우러러 축수한다
자비를 주시오소서 하나님
연약한 목숨에게 자비를
목마르지 않게 비 내려 주시고
춥지 않게 햇볕 내려 주시고

숨 막히지 않게 바람 보내 주시오소서

밭을 끌어안은 아낙네는
젖줄 물려주는 대지의 여신과 함께
번갈아 가며
생명을 양육하는 거룩한 어머니다

어미 소

몇 해 전 일이다
암소는 새끼랑 함께
밭갈이하러 왔다
나는 소의 등을 뚜드려 주며
고맙다고 했다
암소는 기분이 좋은 것 같았고
새끼가 울면
음모오—하고
화답을 하며 일을 했다
열심히 밭갈이를 했다

이듬해였던가, 그 다음다음 해였던가
밭갈이하러 온 암소는 혼자였다
어딘지 분위기가 날카로워
전과 같이 등 뚜드려 주며
인사할 수 없었다
암소는 말을 잘 듣지 않았다

농부와 실랭이를 하다가

다리뼈까지 삐고 말았다

농부는

새끼를 집에 두고 와서 지랄이라

하며 소를 때리고 화를 내었다

옛적부터 금수만 못하다는 말이

왜 있었겠는가

자식 버리고 떠나는 이

인간 세상에 더러 있어서

그랬을 것이다

자식을 팔아먹고

자식을 먹잇감으로 생각하는

인간 세상에 부모가 더러 있었기에

그랬을 것이다

히말라야의 노새

히말라야에서
짐 지고 가는 노새를 보고
박범신은 울었다고 했다
어머니!
평생 짐을 지고 고달프게 살았던 어머니
생각이 나서 울었다고 했다

그때부터 나는 박범신을
다르게 보게 되었다
아아
저게 바로 토종이구나

한밤중

한밤중에 찾아온 느낌
그릇 속에 들앉은 하나의 생물이 돌아눕는다
껍질 속에 들앉은 굴의 속살이 파닥인다
느낀다
생체의 숨소리 전율
하늘에서 바다에서 땅 위에서
아아 그 얼마나 많고 많은 생령들
궁시렁거리며 불안해하는 소리 들린다
파도 소리 바람 소리 장작 타는 냄새

가을

방이 아무도 없는 사거리 같다
뭣이 어떻게 빠져나간 걸까
솜털같이 노니는 문살의 햇빛

조약돌 타고 흐르는 물소리
나는 모른다, 나는 모른다, 그러고 있다
세월 밖으로 내가 쫓겨난 걸까

창밖의 저만큼 보인다
칡넝쿨이 붕대같이 감아 올라간 나무 한 그루
같이 살자는 건지 숨통을 막자는 건지

사방에서 숭숭 바람이 스며든다
낙엽을 말아 올리는 스산한 거리
담뱃불 끄고 일어선 사내가 떠나간다

막바지의 몸부림인가

이별의 포한인가

생명은 생명을 먹어야 하는

원죄로 인한 결실이여

아아 가을은 풍요로우면서도

참혹한 계절이다 이별의 계절이다

영구 불멸

영구 불멸이란
허무와 동의어가 아닐까
영구 불멸이란
절대적 정적이 아닐까
영구 불멸이란
모든 능동성이 정지하는 것
그것은 끝이다

안개

회촌 골짜기 넘치게 안개가 들어차서
하늘도 산도 나무, 계곡도 보이지 않는다
죽어서 삼도천 가는 길이 이러할까
거위 우는 소리
안개를 뚫고 간간이 들려온다
살아 있는 기척이 반갑고 정답다

봄을 기다리는
회촌 골짜기의 생명 그 안쓰러운 생명들
몸 굽히고 숨소리 가다듬고 있을까
땅속에서도
뿌리와 뿌리 서로 더듬으며
살아 있음을 확인하고 있을까

봄은 멀지 않았다
아니 봄은 이미 당도하여
안개 저편에서 서성거리고 있다

올해는 도시 무엇을 기약할 것인가
글쎄 아마도……
쟁기 챙기는 농부 희망에
동참하는 것이 가장 합당하지 않을는지

비밀

사시사철 나는
할 말을 못 하여 몸살이 난다
비밀을 간직하고 있다는 얘기는 아니며
다만 절실한 것은 말이 되어 나오지 않았다
그 절실한 것은
대체 무엇이었을까

행복……
애정……
명예……
권력……
재물……
아무리 생각해 보아도
그런 것은 아닌 것 같다

그러면 무엇일까
실상

무엇인지 알지 못하는 바로 그것이
가장 절실한 것이 아니었을까
가끔
머릿속이 사막같이 텅 비어 버린다
사물이 아득하게 멀어져 가기도 하고
시간이
현기증처럼 지나가기도 하고

그게 다
이 세상에 태어난 비밀 때문이 아닐까

한

육신의 아픈 기억은
쉽게 지워진다
그러나
마음의 상처는
덧나기 일쑤이다
떠났다가도 돌아와서
깊은 밤 나를 쳐다보곤 한다
나를 쳐다볼 뿐만 아니라
때론 슬프게 흐느끼고
때론 분노로 떨게 하고
절망을 안겨 주기도 한다
육신의 아픔은 감각이지만
마음의 상처는
삶의 본질과 닿아 있기 때문일까
그것을 한이라 하는가

연민

갈대 꺾어 지붕 얹고
새들과 함께 살고 싶어
수만 리 장천
작은 날개 하나로 날아온 철새들

보리 심고 밀 심어서
새들과 나누며 살고 싶어
수많은 준령 넘어 넘어
어미와 새끼가 날아 앉는 강가

밀렵꾼 손목 부러트리고
새들 지켜 주며 살고 싶어
전선에 앉아 한숨 돌리면서
물 한 모금 밀알 하나 꿈꾸는 새야

4부

까치설

죽음의 예감, 못다한 한 때문에 울고
다 넋이 있어서 우는 것일 게다
울고 있기에 넋이 있는 것일 게다

까치설

섣달그믐날, 어제도 그러했지만
오늘 정월 초하루 아침에도
회촌 골짜기는 너무 조용하다
까치는 모두 어디로 갔는지
흔적이 없다
푸짐한 설음식 냄새 따라
아랫마을로 출타 중인가

차례를 지내거나 고사를 하고 나면
터줏대감인지 거릿귀신인지
여하튼 그들을 대접하기 위해
음식을 골고루 채판에 담아서
마당이나 담장 위에 내놓던
풍습을 보며 나는 자랐다

까치는 모두 어디로 갔을까
음식 내놓을 마당도 없는 아파트 천지

문이란 문은 굳게 닫아 놨고
어디서 뭘 얻어먹겠다고
까치설이 아직 있기나 한가

산야와 논두렁 밭두렁 거리마다
빈 병 쇠붙이 하나 종이 한 조각
찾아볼 수 없었고
어쩌다가 곡식 한 알갱이 떨어져 있으면
그것은 새들의 차지
사람에게나 짐승에게나
목이 메이게 척박했던 시절
그래도 나누어 먹고 살았는데

음식이 썩어 나고
음식 쓰레기가 연간 수천 억이라지만
비닐에 꽁꽁 싸이고 또 땅에 묻히고
배고픈 새들 짐승들

그림의 떡, 그림의 떡이라
아아 풍요로움의 비정함이여
정월 초하루
회촌 골짜기는 너무 조용하다

회촌 골짜기의 올해 겨울

회촌 골짜기의 올해 겨울은
날건달처럼 햇빛이 오락가락
눈도 어정쩡하게 왔다가는 간다
춥지 않은 겨울

오락가락은 망설임이며 혼란인가
어정쩡함은 불안이며 권태인가
구석구석 먼지가 쌓이듯
어디선가 양파 썩는 냄새가 나듯

회촌 골짜기의 올해 겨울은
빈집처럼 쓸쓸하다
잠든 번데기의 꿈도 나른할 것 같고
어디선가 소리 없이
뭔가가 무너지고 있는 것 같다

북극의 빙하와 설원을 생각해 본다

북극곰의 겨울잠을 생각해 본다
그 가열한 꿈속에는
존재의 인식이 있을 것 같다
넘치고 썩어 나는 뜨뜻미지근한 열기 속에는
예감도 구원에의 희망도 없다
봄도 없다

자본주의의 출구 없는 철옹성
온난화 현상이 일렁이며 다가온다
문명의 참상이 악몽같이 소용돌이친다
춥지 않은 회촌 골짜기의 올해 겨울

소문

세상과 어느 정도 거리를 두고 사는 내게도
심심찮게 들려오는 소문은 있었다
소문이란 본시 믿을 것이 못 되고
호의적인 것도 아니어서 덕 될 것이 없다
살기에 지친 사람들에게는
그러거나 말거나 알 바 아니지만
놀고 먹는 사람들에겐 생광스런 소일거리

사실은 그것도 호랑이 담배 피던 시절의 얘기
옛날에는 바람 따라 왔던 소문이
이제는 전파에 실리어 오고
양적으로나 속도로 보아 실로 엄청나다
뿐이겠는가
불 땐 굴뚝에 연기가 아니 나고
불 안 땐 굴뚝에 연기가 나는
마술 같은 일들이 진행 중이다

소위 자본주의 방식의 하나이며
정치가들 뒤질세라 편승하는 열차 편
거대한 산업
어디로 가나 세상 구석구석
광고의 싸락눈 안 내리는 곳이 없다

천문학적 자본을 쏟아붓고
인력을 쏟아붓고
시간을 쏟아붓고
그것으로 먹고산다
그것으로 돈 벌어 부자가 된다
그것은 정치 전략의 요체가 되었다

그것으로 먹고사는 함정에서
사람들은 빠져나갈 수가 없다
소비가 왕인 정경 합작의 괴물을
그 누가 퇴치할 것인가

천하무적의 폭군이 지나간 자리엔
영세민의 수만 늘어나고
얽히고설킨 이른 봄
연못의 맹꽁이 알처럼 파산자가 떠돈다

옛날에 내가 꽃을 심었을 때
옷 나오나 밥 나오나 하면서 어머니는
꽃모종을 뽑아 버리고 상추씨를 뿌렸다
그땐 내가 울었지만
옷 나오지도 않고 밥 나오지도 않고
좁쌀 알갱이 한 톨 떨구어 주지 않는 광고는
그러면 꽃인가, 종이꽃이다
자본주의의 요염한 종이꽃이다
씨앗도 없는 단절과 절망의 종이꽃

모순

물은 어떠한 불도 다 꺼 버리고
불은 어떠한 물도 다 말려 버린다
절대적 이 상극의 틈새에서
절대적인 이 상극으로 말미암아
생명들이 살아 숨 쉬고 있다는 것은
그 얼마나 절묘한 질서인가

초나라 무기상이 말하기를
나의 창은 어떠한 방패도 뚫는다
다시 말하기를
나의 방패는 어떠한 창도 막는다

한 사람이 묻기를
당신의 창이 당신의 방패를 찌른다면
어떻게 되겠는가
무기상의 대답은 없었다고 했다

세상에는 결론이 없다
우주 그 어디에서도 결론은 없다
결론은 삼라만상의 끝을 의미하고
만물은 상극의 긴장 속에서 존재한다

어리석은 지식인들이
곧잘 논쟁에 끌고 나오는 모순
방어와 공격을 겸한 용어이지만
그 자신이 모순적 존재인 것을
알지 못한다

마음

마음 바르게 서면
세상이 다 보인다
빨아서 풀 먹인 모시 적삼같이
사물은 싱그럽다

마음이 욕망으로 일그러졌을 때
진실은 눈멀고
해와 달이 없는 벌판
세상은 캄캄해질 것이다

먹어도 먹어도 배가 고픈 욕망
무간지옥이 따로 있는가
권세와 명리와 재물을 쫓는 자
세상은 그래서 피비린내가 난다

확신

쓸쓸한 삶의 본질과는 상관치 않고
배고픈 생명들 팔자소관 내 알 바 아니라
연민 따위는 값싼 감상이거니
애달픈 여정이란 못난 놈의 넋두리
상처의 아픔 같은 것 느껴 보기나 했는가

그런데도
시인들이 너무 많다
머리띠 두른 운동가도 너무 많다
거룩하게 설교하는 성직자도 너무 많다
편리를 추구하는 발명가도 많고

많은 것을 예로 들자면
끝도 한도 없는 시절이지만
그중에서도
자신이 옳다고 확신하는 사람
확고부동하게 옳다고 우기는 사람 참 많다

그리하여 세상에는
전지전능한 하나님이 늘어나게 되고
사람은
차츰 보잘것없게 되었을 뿐만 아니라
지구의 뭇 생명들이
부지기수
몰살되는 지경에 이르렀다
땅도 죽이고 물도 죽이고 공기도 죽이고

연약한 생물의 하나인 사람
그 순환에는 다를 것이 없겠는데
진정 옳았다면 진작부터
세상은 낙원이 되었을 것이 아닌가

옳다는 확신이 죽음을 부르고 있다
일본의 남경대학살이 그러했고

나치스의 가스실이 그러했고

스탈린의 숙청이 그러했고

중동의 불꽃은 모두 다

옳다는 확신 때문에 타고 있는 것이다

오로지

땅을 갈고 물과 대기를 정화하고

불사르어 몸 데우고 밥을 지어

대지에 입 맞추며

겸손하게 감사하는 儀式이야말로

옳고 그르고가 없는 본성의 세계가 아닐까

현실 같은 화면, 화면 같은 현실

허무의 심연 같은 눈동자
이제는 세상에 없네
삭풍도 벌판도 언덕배기도
없네
오지 마을 늙은 농부가
해걸음의 그림자로 남았는가
아아
옹달샘 목욕하는 새 한 마리
없네 찾아볼 수 없네

지상에 머리 박고 발바닥은 허공에서
돌고 도는 비보이의 묘기
봉람새같이 차려입은 여가수는
석양을 꿈꾸듯 눈감으며 노래하고
가짜 대머리 치고 만지는 마빡이는
고달픈 인생살이 달래려 하는가
용무늬 꽃무늬 나비무늬 눈부신 의상

천근만근 같은 귀걸이 목걸이의 모델
힘과 애수와 개그와 풍요가
넘치고 넘쳐서 무대는 휘청거린다
하기는 그래, 다 먹고살기 위한 곡예사들
눈물이 난다
현실 같은 화면, 화면 같은 현실
종잇장 같은 현실

풀 한 포기의 탄식도 없네
나비 한 마리 목 축일 이슬방울도 없네
불쌍한 가로수들 침묵하고
공산품 공장의 건조한 바람 바람
컨테이너 산적된 항구에 일몰이 오고
어디로 가는지 어디에서 흩어지는지
화면 같은 현실, 현실 같은 화면

아아

굶주림 같은 풍요로움이여

쓰레기 더미 같은 풍요로움이여

죽음에 이르는 풍요로움이여

눈물이 배어들 땅 한 치가 없네

핵폭탄

핵폭탄 한 개
천신만고의 산물인 그 한 개
좌판에 달랑 올려놓고
행인을 물색하는
노점상의 날카로운 눈초리
고독한 매와 같다

하기야 그것이
한 개이면 어떻고 천 개이면 어떠한가
터질 듯 기름진 거상이건
초췌한 몰골의 영세상이건
신념은 같은 것
죽음의 조타수임에 다를 바 없지

문명의 걸작이며
승리의 금과옥조
세계를 쥐고 흔든다는 것은

죽음을 지배한다는 것은
그 얼마나 신나는 일인가
죽음의 행진 은밀한 그 발자욱소리
죽음의 향연 玉碎를 앞둔 술잔
죽음의 난무 멈출 수 없는 분홍신의 춤
미쳐서 세상이 보이지 않는 무리에게는
처참하고 웅대한 멸망의 서사시야말로
황홀한 꿈의 세계일 것이다

그런 까닭으로
파리 운동장이 된 굶주린 아이들 얼굴
주마등같이 지나가는
저 광활한 아프리카 대륙보다
핵무기는 귀하고 귀한 것이 되었고
유구한 세월 한 땀 한 땀 쌓아 올린
인류 각고의 유산보다
핵무기는 값지고 또 값진 것이 되었고

오대양 육대주

생명이란 생명 모두 전율하게 되었으니

이보다 확실하게 끝내 주는

지배가 어디 또 있으리오

넋

장마 그친 뒤
또랑의 물 흐르는 소리 가늘어지고
달은 소나무 사이에 걸려 있는데
어쩌자고 풀벌레는 저리 울어 쌓는가
저승으로 간 넋들을 불러내노라
쉬지 않고 구슬피 울어 쌓는가

그도 생명을 받았으니 우는 것일 게다
짝을 부르노라 울고
새끼들 안부 묻노라 울고
병들어서 괴로워하며 울고
배가 고파서 울고
죽음의 예감, 못다한 한 때문에 울고
다 넋이 있어서 우는 것일 게다
울고 있기에 넋이 있는 것일 게다

사람아 사람아

제일 큰 은총 받고도
가장 죄가 많은 사람아
오늘도 어느 골짜기에서
떼죽음 당하는 생명들의 아우성
들려오는 듯······

먹을 만큼 먹으면 되는 것을
비축을 좀 한들, 그것쯤이야
만물의 영장인 인간의 지혜로 치자
채워도 채워도 끝이 없는 탐욕
하여
가엾은 넋들은 지상에 넘쳐흐르고
넋들의 통곡이 구천을 메우나니

5부

미발표 유고작

부모의 혼인

내 외가의 내력은
소설 "김약국의 딸" 도입부에
대강 그려져 있지만
도입부 이외는
모두 외가와 상관이 없다
왜냐하면
딸 다섯과 아들 하나
물정 모르는 할머니를 남겨 놓고
외할아버지가 갑자기 세상 떠난 후
너무나도 궁핍하여
출가한 딸들의 도움으로
간신히 입에 풀칠을 했다니까
사뭇 "김약국의 딸들"과는
그 내용이 판이하다
한편 친가는 당시
경찰서 자리
그러니깐 경찰서가 들어서기 이전

지금은 그 경찰서마저 없어졌으니
실로 강산이 열 번 가까이 변했을 것인데
여하튼 그 곳에서 술도가를 했다니까
다소 부유했을 것이며
열네 살의 철부지 신랑과
열여덟의 건강하고 용모가 반듯한 신부
그러니깐 이 혼인은 정략적인 것은 아닐지라도
노동력을 얻는다는 정의는 있었던 것 같다
불행했던 내 어머니를 위하여
나는 그것을 해명하지 않으면 안 되겠다
어머니에게 붙어 다니는 말에는
늘 조강지처였고 법으로 만났으며
육례를 갖추었고 기영머리 마주 풀었다
이 말이 그 시절 혼인의 정당성을 증명하는 것이었다

생명

여행길에
괴목 판자 하나 구했다
책상으로나 사치 좀 해 보려고
붉은 벽돌 몇 장 괴 놓고
표면 고르느라
밤낮 없이 솔았다
시간을 솔듯
그렇게 밤낮 없이

괴목은 樹脂를 뿜어내며
괴로워하는 것 같았다
반듯하게 하는 것이 힘들구나
너도 나도 힘들구나
마음속으로
늘어놓는데 인간의 변명 아니고 뭣이랴

언제였던지

단풍나무 가지 쳐 놓고
다음 날 나가 보았더니
수지가 피처럼 흘러 있어
얼마나 놀랐는지 모른다

언제였던지
이른 봄
해당화 줄기따라
혈맥 같은 것 붉게 치솟는 것 보고
얼마나 놀랐는지 모른다

또 언제였던지
분에 심은
채송화 꽃잎 벌어질 때
전율같이
몸 떠는 것 보고
얼마나 놀랐는지 모른다

생명은 무엇이며
아아 생명은 무엇이며
사는 것은 어떤 걸까

서로가 서로의 살을 깎고
서로가 서로의 뼈를 깎고
살아 있다는 그 처절함이여

제목 미상

가제: 죽어가는 연어를 생각하라

아름다움을 노래하는 시인이여

한가롭다·

진흙창에 발 묻고

풍요를 노래하는 시인이여

어리석다

행복을 노래하는 시인이여

알을 까고

죽어가는 연어를 생각하라

한가롭지도 않고

풍요롭지도 않고

더더구나 행복하지도 않은

진실을 응시하는 시인이야말로

아름답고 풍요로우며 행복한 사람이다

제목 미상

가제 : 그만두자

그만두자
욕망으로 부풀어진 얼굴
배은망덕의 남루한 몰골
냉기 등골을 지나가는 아침
눈감아 버리자

캄캄한 암흑
죽어 흙이 될지
죽어 영혼이 승천할지
그 누가 아무도 모른다
다만 내가 본 아름다운 세상
그것만 안고 가자

제목 미상

가제: 머무는 시간

이렇게 무색무취의 시간이 머물 때
살아서 죽음을 체험한다
실험실의 신체도 아니고
꽃과 나비와 또 살아온 길이
아련하게 멀리서 맴도는데
눈물 어린다. 눈물 어린다
돌아갈 길 없음을
적절하게 느낀다
은하같이 흐르는 시간이여
또 모래성같이 머무는 시간이여

약력

1926년 10월 28일(음력) 경상남도 통영시(1995년 충무시와 통영 군이 통합돼 통영시가 됨) 명정리에서 박수영 씨의 장녀 로 출생. 본명 박금이.

1945년 진주고등여학교 제17회 졸업.

1946년 1월 30일 김행도 씨와 결혼. 딸 김영주 출생.

1947년 아들 김철수 출생.

1950년 수도여자사범대학 가정과 졸업, 황해도 연안 여자중학 교 교사. 6·25사변에 남편과 사별.

1953년 서울에서 신문사, 은행 등에 근무하며 습작.

1955년 8월 《현대문학》에 단편 「계산(計算)」이 김동리에 의해 추 천됨.

1956년 8월 《현대문학》에 단편 「흑흑백백(黑黑白白)」이 2회 추천 받아 등단, 본격적인 문학 활동 시작. 아들 사망.

1957년 단편「불신시대(不信時代)」로 제3회《현대문학》신인문학상 수상

1958년 첫 장편「애가」를《민주신보》에 연재.

1959년 장편『표류도』제3회 내성문학상 수상.

1962년 전작 장편『김약국의 딸들』간행.

1965년 장편『시장과 전장』으로 제2회 한국여류문학상 수상.

1966년 수필집『Q씨에게』,『기다리는 불안』간행.

1968년 단편「약으로도 못 고치는 병」발표.

1969년 『토지(土地)』1부《현대문학》에 연재 시작.

1972년 『토지』1부로 월탄문학상 수상.

1980년 원주시 단구동으로 이사.

1983년 『토지』1부 일본어판 출간.

1988년 시집『못 떠나는 배』간행.

1990년 제4회 인촌상 수상. 시집『도시의 고양이들』간행.

1994년 8월 15일 집필 25년 만에『토지』탈고, 전5부 16권으로 완간. 이화여자대학교 명예문학박사 학위 수여.『토지』 1부 불어판 출간.

1995년 연세대학교 원주캠퍼스 객원교수.『문학을 지망하는 젊은이들에게』간행.『토지』1부 영어판,『김약국의 딸들』 불어판 출간.

1996년 제6회 호암예술상 수상. 칠레 정부로부터 가브리엘라 미스트랄 문학 기념 메달 수여. 토지문화재단 설립, 이사장 취임.

1997년 1월 연세대학교 용재 석좌교수.『시장과 전장』불어판

출간.

1999년 토지문화관 개관.

2000년 시집『우리들의 시간』간행.

2001년 토지문화관에서 문인 및 예술인을 위한 창작실 운영.
『토지』독어판 출간.

2003년 환경문화계간지《숨소리》창간. 장편소설「나비야 청산
가자」3회 연재(미완.)

2004년 에세이집『생명의 아픔』간행.

2006년 『김약국의 딸들』중국어판 출간.

2007년 『신원주통신-가설을 위한 망상』간행.

2008년 4월 시「까치설」,「어머니」,「옛날의 그 집」《현대문학》에
발표.

2008년 5월 5일 별세. 금관문화훈장 추서, 경남 통영시 산양읍
신전리 미륵산 기슭에 안장됨.

버리고 갈 것만 남아서 참 홀가분하다

초판 1쇄 발행 2024년 9월 3일
초판 2쇄 발행 2024년 10월 22일

지은이 박경리
펴낸이 김선식

부사장 김은영
콘텐츠사업2본부장 박현미
책임편집 정지혜 **책임마케터** 오서영
콘텐츠사업6팀장 임경섭 **콘텐츠사업6팀** 정지혜, 곽수빈, 조용우, 이한민, 이현진
마케팅본부장 권장규 **마케팅1팀** 박태준, 오서영, 문서희 **채널팀** 권오권, 지석배
미디어홍보본부장 정명찬 **브랜드관리팀** 오수미, 김은지, 이소영, 박장미, 박주현, 서가을
뉴미디어팀 김민정, 이지은, 홍수경, 변승주
지식교양팀 이수인, 염아라, 석찬미, 김혜원
편집관리팀 조세현, 김호주, 백설희 **저작권팀** 이슬, 윤제희
재무관리팀 하미선, 임혜정, 이슬기, 김주영, 오지수
인사총무팀 강미숙, 김혜진, 황종원
제작관리팀 이소현, 김소영, 김진경, 최완규, 이지우, 박예찬
물류관리팀 김형기, 김선민, 주정훈, 김선진, 한유현, 전태연, 양문현, 이민운

펴낸곳 다산북스 **출판등록** 2005년 12월 23일 제313-2005-00277호
주소 경기도 파주시 회동길 490
전화 02-704-1724 **팩스** 02-703-2219
이메일 dasanbooks@dasanbooks.com
홈페이지 www.dasan.group **블로그** blog.naver.com/dasan_books
용지 한솔PNS **인쇄 및 제본** 상지사피앤비 **코팅 및 후가공** 제이오엘앤피

ISBN 979-11-306-5595-6 (03810)